1ª edición: enero de 2018
2ª edición: marzo de 2018

Diseño gráfico: Gloria Gauger
© Del texto, Ana Cristina Herreros Ferreira, 2010
© De las ilustraciones, Violeta Lópiz, 2010
© Ediciones Siruela, S. A., 2010, 2012, 2018
c/ Almagro 25, ppal. dcha. 28010 Madrid.
Tel.: + 34 91 355 57 20 Fax: + 34 91 355 22 01
www.siruela.com
ISBN: 978-84-17308-25-4
Depósito legal: M-32.587-2017
Impreso en Cofás
Printed and made in Spain
Papel 100% procedente de bosques bien gestionados

Esta historia se ha basado en los estudios de un señor que sabe tanto de ratones y de dientes que ha escrito un «ensayo científico», un libro de esos que lee la gente cuando va a la universidad. Lo tituló *La historia secreta del Ratón Pérez*, y él se llama José Manuel Pedrosa. A él agradezco su trabajo, que ha hecho posible *La asombrosa y verdadera historia de un ratón llamado Pérez*, mi libro.

¿Quieres seguir disfrutando de este libro? ¡Busca la ficha de lectura compartida en nuestra página web: *www.siruela.com*!

Ana Cristina Herreros
(León, 1965), filóloga y especialista en literatura tradicional, compagina su trabajo como editora con su oficio de narradora (con el nombre de Ana Griott) en bibliotecas, teatros, cárceles, cafés, escuelas o parques desde 1992. En Siruela ha publicado también *Cuentos populares del Mediterráneo*, *Libro de monstruos españoles*, *Libro de brujas españolas*, *Geografía mágica* y *Cuentos populares de la Madre Muerte*.

Violeta Lópiz
(Ibiza, 1980) estudió Magisterio musical en la Universidad Autónoma de Madrid y después Ilustración. Como ilustradora, ha publicado libros en editoriales de diversos países y también trabaja con diarios portugueses y españoles. Su obra se ha expuesto en Bolonia, Berlín, Padua y París.

La asombrosa y verdadera
historia de un ratón llamado Pérez

ANA CRISTINA HERREROS
VIOLETA LÓPIZ

Siruela Ilustrada

A mis amigos del Palacio Valdés,
con los que empecé a crecer.
En especial a Patricia, Alberto y Héctor.

Para Alfonso,
que no tiene título de rey pero sí dientes,
y para ti, que se te acaba de caer un diente.

Dónde vive el ratón de los dientes y por qué se apellida Pérez

Hace mucho mucho tiempo existió una especie de ratón cuya tarea era recoger los dientes que se les caían a los niños y luego reemplazarlos por otros tan duros y rectos como los que tienen los roedores: el ratón de los dientes, lo llamaban. Al principio, este ratón vivía en las casas. En los tejados, entre la paja, cuando los tejados eran de paja. O debajo de las tejas, cuando los tejados comenzaron a tener tejas.

En aquella época, cuando a un niño se le caía un diente, se ponía de espaldas a la casa y lo lanzaba con mucha fuerza para que llegase hasta el tejado y el ratón pudiera cogerlo, porque si se le caía al suelo corría el peligro de que no le saliese ningún diente en aquel agujero que ahora sangraba. Y si se quedaba sin dientes... entonces no podría comer. Y si no podía comer... entonces no crecería. Por eso era tan importante que los nuevos dientes que iban a salir en su boca para siempre, gracias al ratón, fuesen duros y rectos como los de los ratones y aguantasen mucho tiempo sin caerse. Porque los dientes sirven para comer, y comer es muy importante para CRECER.

También se pensaba que podía entrar alguna enfermedad por ese agujero que se te abría al caerse el diente. Había personas que pensaban que por allí se te podía salir incluso el alma. Por eso se pedía ayuda al ratón de los dientes, para que te saliese uno pronto que tapase aquel peligroso agujero. Era importante que te saliese el diente definitivo porque eso significaba que te hacías mayor.

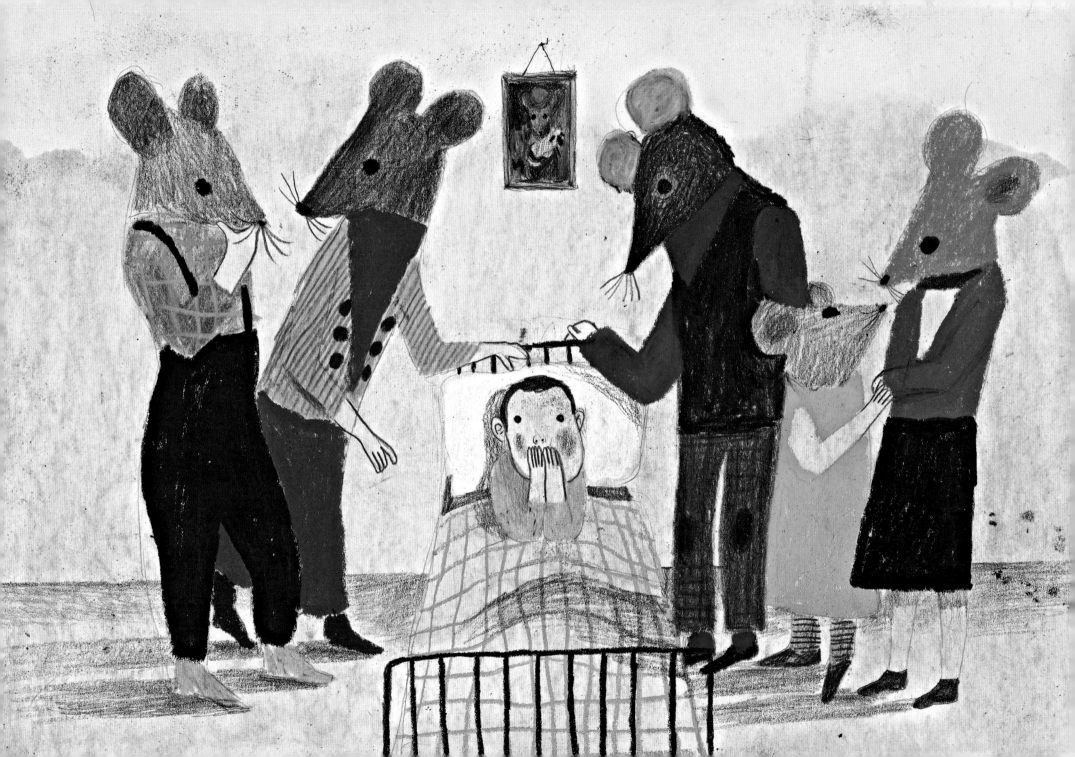

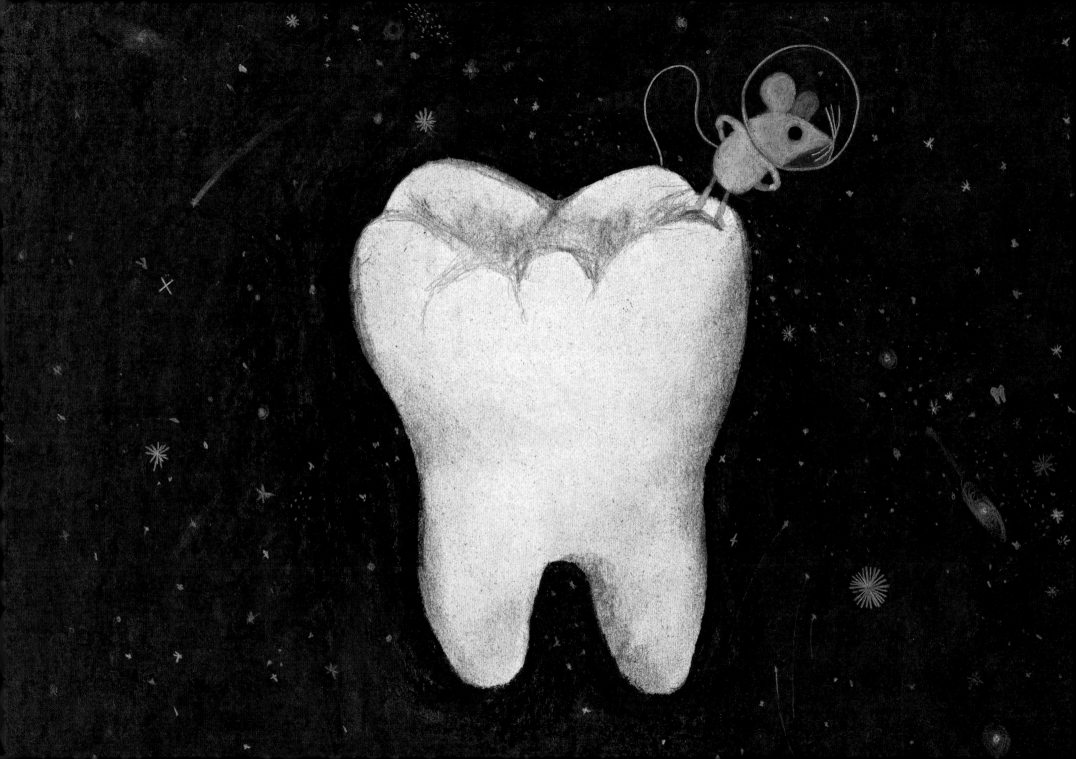

Si se caía el diente de leche (que son esos dientecitos que tenemos todos cuando nuestra madre nos da de mamar) y no salía ninguno en su lugar, entonces no podías masticar y tenían que seguir alimentándote como a un niño pequeño: con leche y papillas. Y seguías siendo pequeño, que a veces es una ventaja... sobre todo si tienes padres que te cuidan. Aunque uno piensa que está creciendo cuando las camisetas se le quedan pequeñas, acaba descubriendo que CRECER, en realidad, es aprender a comer sin necesitar ya a tu madre, aprender a cuidarte solo. Y para esto era y es importante que se te caigan los dientes de leche y salgan los definitivos.

A este ratón, que no se llamaba de ninguna manera ni tenía
apellido, cuando le lanzaban el diente, le decían:

—*Ratoncito, ratoncito,*
toma este dientecito
y dame otro más bonito.

Lo que uno quería se pedía en verso,
pues a los seres especiales solo se les
puede hablar con palabras que suenen
como una canción. Era importante
hacer de espaldas estas cosas (lanzar
el diente y pronunciar estas palabras)
porque en aquellos tiempos se pensaba
que, a los que viven en las alturas y nos
hacen favores, había que demostrarles
respeto no mirándoles ni a los ojos ni
a ninguna otra parte de su cuerpo.

Pasó el tiempo y las casas crecieron y se llenaron de pisos. Pero los niños y las niñas a los que se les caían los dientes seguían teniendo, más o menos, la misma altura que en épocas pasadas. Por eso era imposible que el diente lanzado llegase al tejado donde vivía el ratón. Así que los niños, para facilitar el trabajo al ratón, comenzaron a tirar el diente a la ceniza del hogar cuando el fuego ya no ardía, pues el ratón podía morir asado si se caía en el fuego cuando iba a buscar el diente. De esta manera, el ratón bajaba desde el tejado por la chimenea, lo cogía, se lo llevaba y dejaba al niño en su boca un fuerte diente de ratón para que le durase toda la vida y que saldría a su debido tiempo. Ahora, cuando los niños, también de espaldas, tiraban el diente al fuego del hogar decían:

—*Toma, hogar, este diente*
y dame otro que me haga más valiente.

Pero esto también acabó siendo un problema. Al principio las casas, incluso las de muchos pisos, tenían chimeneas para calentarse o cocinas de carbón con tubos por los que salía el humo y por donde entraba el ratón a llevarse el diente.

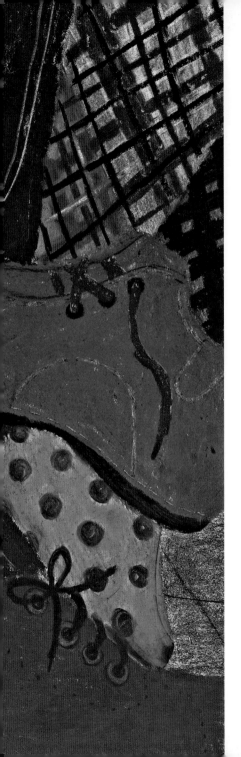

Pero llegó la electricidad y muchas casas dejaron de tener chimeneas. Así que el ratón se tuvo que cambiar de vivienda y abandonar los tejados, donde había vivido desde hacía tanto tiempo.

¿Y adónde se fue a vivir...? Pues hubo un señor cura que aseguró, en una historia que le escribió a un rey niño al que se le cayó un diente, y que se llamaba Alfonso, que el ratón de los dientes vivía en Madrid, a finales del siglo XIX, en la calle Arenal número 8. Vivía en una caja de galletas que había en el sótano de una confitería y tienda de ultramarinos, con su mujer y sus tres hijos: dos ratoncitas con aya inglesa y un hijo con la cabeza llena de pájaros al que solo le gustaba jugar al golf. Este ratón con familia y casa propia en calle tan principal de la capital, ¡cómo no iba a tener apellido!: Pérez, dice el padre Coloma que se apellidaba. Aunque parece ser que no fue él quien le puso nombre, sino que la gente comenzó a llamarle con un nombre que aparece mucho en los cuentos populares para nombrar a una persona valiente: Pedro o Perico. Y de ahí pasó a llamarse Pérez, que significa «hijo de Pedro».

En este siglo XIX, además de cambiar de casa y de tener apellido, este ratón adquirió costumbres que no tenía. Decidió llevarse los dientes a cambio de dejar alguna monedita o algún regalito. Esto se llama «comprar» (si te deja dinero) y «trueque» (si te deja un regalo). Seguro que esta costumbre de cambiar cosas por dinero la adquirió por vivir en una tienda...

Como esto de los dientes se convirtió en negocio, los niños ya no tenían que facilitar el trabajo al ratón, sino que le dejaban el diente donde mejor les venía: debajo de la almohada donde dormían, y un poco escondido para que no se lo llevase cualquiera. Y se olvidaron de qué palabras ponían al ratón en camino, aunque hay todavía algunos niños que dicen, acostados boca arriba en sus camas, con la cabeza encima de la almohada:

—*Ratoncito Pérez,*
toma este dientecito
y dame otro más bonito
y con un regalito.

Cómo el ratón tuvo una hija
que emigró a América

Lo cierto es que este ratón tuvo mucha descendencia y a partir de entonces casi todos se llamaron Ratón Pérez, porque en otros países los ratones de los dientes continúan sin apellido. Los franceses le llaman Petite Souris, Ratoncito traduciríamos nosotros.

Y en Cataluña y en el País Vasco nuestro
ratón comparte su oficio con el Angelet de
les dents, el Angelito de los dientes, y con
Maritxu teilatukoa, que es Mari la del tejado.
Estos ratones Pérez viven donde viven los
roedores hoy en día, en sótanos como el de la
calle Arenal, y llegan a nuestras casas por los
agujeros que toda casa tiene. Nunca han tenido
problemas los ratones para entrar en las casas.
Lo más difícil casi siempre es conseguir que
se vayan...

Un día uno de estos ratones conoció a una hormiga que se dedicaba a recoger dientes en el norte de Italia, la llamaban Formiquina. Esta se lleva los dientes de los niños italianos para esconderlos debajo de la tierra y que allí estén a salvo. No vaya a ser que alguien se encuentre uno y haga daño al diente y a su dueño. Hay quien cuenta que ese ratón y esta hormiga se enamoraron nada más verse y tuvieron una hija, ratona como su padre y con alas de hormiga como su madre.

Esta ratona emigró a América del Norte a comienzos del siglo XX, como tantas otras personas, en busca de trabajo. Tuvo que irse escondida en la despensa de un barco, porque las alas de hormiga no resisten un viaje por encima de un océano tan ancho como el Atlántico. Allí se la conoce hoy como Tooth Fairy, que en nuestra lengua sería algo así como el Hada de los Dientes. Como no estaban acostumbrados a ver ratonas con alas, igual que nos resulta extraño ver elefantes volando, la tomaron por un hada. Pero, si te fijas bien, podrás verle los bigotes y los dientes de ratona.

A esta hada ratona, como es muy moderna, hay que escribirle una carta solicitando el dinerito a cambio del diente, porque si no le escribes no te deja nada. Aunque esto de escribir a los ratones no es nada moderno. Antiguamente ya se escribía a los ratones para que se fueran de tu despensa y dejaran de comerse tu comida. Algo que ya hemos dicho que es difícil... La carta se enrollaba y se metía en un agujerito que hubiera en la despensa para que se la encontrasen los ratones. Tanto si la leían como si la roían, lo cierto es que se daban por enterados y se iban, sobre todo si en la carta les proponías otro lugar mejor donde vivir: la casa de un vecino antipático, por ejemplo. Pero había que explicarles cómo llegar hasta allí.

Qué hace el ratón con los dientes que recoge

Con los dientes, el ratón hace muchas cosas: los utiliza como si fueran perlas para hacer anillos, que luego regala a madres y tías para que se los pongan en los dedos. Prefiere usar sobre todo los que no tienen caries, porque los dientes negros de caries quedarían feos en una joya. También este ratón joyero hace colgantes tallándolos con forma redonda o dejándolos con su forma de diente, que luego pone en una cadenita para que niños y niñas se los cuelguen en el cuello. Dicen que da suerte llevar dientes colgando. Quizá algún día Ratón Pérez abra una joyería en la mismísima calle Arenal.

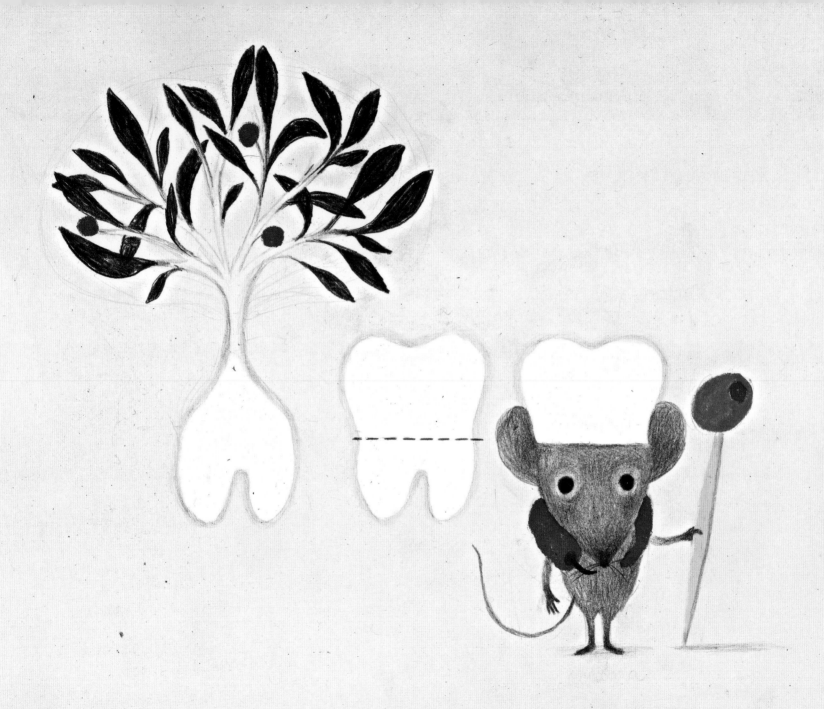

Para la gente a la que no le gustan las joyas, que también la hay, o cuando los dientes están agujereados y no le sirven, prepara este ratón, que además de joyero es boticario, jarabes con dientes molidos para calmar el dolor de las muelas y también polvos para dejar los dientes blancos como la nieve.

A Ratón Pérez se le ocurrió hacer joyas, jarabes y polvos porque algo tenía que hacer con tanto diente como recogía. Aunque hay que saber que, al principio, cuando vivía en los tejados de paja, su tarea era simplemente esconder el diente para que no se lo comiera un burro porque, si eso sucedía, en el agujero te salía un diente enorme y oscuro como el del burro. Y si se lo comía un perro, te salía un diente retorcido y amarillo como el del perro. Pero lo peor era que se lo comiese una gallina, porque entonces no te salía ninguno, porque las gallinas no tienen dientes. Y eso de no tener dientes, como ya sabes, es un problema porque se crece peor...

Así que, para hacerte mayor,
es importante que Ratón Pérez
se lleve los dientes que se te
caigan, para que te salgan unos
duros y rectos como los del
ratón. El regalo o la moneda
que Ratón Pérez te deja a
cambio debajo de tu almohada
no es tan importante como el
auténtico regalo que él te hace
pero no puedes ver: CRECER.